Rémi Prieur Mélanie Vives Melissa Faucher

ESCAPE GAME

PRISONNIERS DE LA FÊTE FORAINE

MANGO

ESCAPE
GAME
.PARIS

Ce livre vous a plu ? Pourquoi ne pas tenter l'expérience en live ? La France compte déjà plus de 400 enseignes d'escape game. Et si la région parisienne est très bien pourvue, avec une bonne cinquantaine de complexes et plus de 180 salles, il est fort probable qu'une enseigne se trouve à moins de 100 kilomètres de chez vous, où que vous habitiez.

Le site Escape Game Paris vous aide de plusieurs façons à choisir le jeu qui correspond le mieux à vos goûts :

- Par le biais de nos *reviews*. Nous avons testé plus de 300 salles en France et à l'étranger, nos avis vous permettront de vous assurer que tel ou tel jeu correspond à vos attentes. Rassurez-vous, nos articles sont garantis sans aucun spoiler !
- Via nos moteurs de recherche, sur www.escapegame.paris/france. Pour chaque ville, vous retrouverez l'ensemble des salles classées par thème ainsi qu'une fiche technique récapitulant le niveau de difficulté, la part de fouille/réflexion/manipulation dans le jeu et le niveau d'immersion, pour chacune de celles que nous avons testées.

Comme nous aimons le dire, l'escape game est un peu comme le cinéma : certains préféreront les intrigues policières, d'autres les scénarios tournés vers l'aventure et l'action. Comptez sur l'imagination débordante des créateurs de salles pour vivre à coup sûr une expérience dont vous vous souviendrez longtemps !

10

Qu'est-ce qu'un escape game ?

Se glisser dans la peau de braqueurs de banque, de détectives enquêtant sur de mystérieuses disparitions, d'agents secrets chargés de sauver le monde, ou même des célèbres Dalton piégés dans leur cellule... Impossible de passer à côté du phénomène escape game ! Chaque semaine, de nouveaux complexes ouvrent partout en France. Le principe de ce « jeu d'évasion » grandeur nature ? Votre équipe et vous êtes enfermés dans une pièce thématisée. Votre objectif est de réussir à en sortir en fouillant la pièce, résolvant des énigmes et décryptant des codes, actionnant des mécanismes... Le tout en moins de 60 minutes.

Familles, amis, collègues, ces jeux s'adressent à tous les publics et ne requièrent en principe aucun savoir spécifique : les énigmes font appel à votre logique et à votre esprit d'équipe. Observation, coopération et communication sont souvent les clés de la réussite.

Les premiers escape games sont apparus en 2005. Il s'agissait alors de jeux de type « point-and-click » sur ordinateur : vous incarniez une personne prise au piège dans une salle fermée à double tour et deviez cliquer sur différents objets (lampes, tables, tiroirs...) à la recherche d'indices. De fil en aiguille, les éléments trouvés vous permettaient d'en déverrouiller d'autres, jusqu'à parvenir à ouvrir la porte de sortie.

En 2007, au Japon, le concept est pour la première fois décliné en live, dans une vraie pièce et avec des vrais décors, grâce à la société SCRAP. En 2010, les live escape games font leur apparition en Europe, d'abord à Budapest, en Hongrie – qui est encore aujourd'hui la capitale européenne du genre. Ce n'est qu'en décembre 2013 qu'ils débarquent à Paris avec HintHunt. Depuis, la France a rattrapé son retard : entre décembre 2013 et fin 2017, plus de 1 000 salles ont ouvert leurs portes, proposant 800 scénarios différents !

À vous de jouer !

Cinq fiches à télécharger et imprimer

Pour jouer à « Prisonniers de la fête foraine », il est impératif d'avoir téléchargé et imprimé, en couleur et non pas en noir et blanc, les cinq fiches que vous trouverez en ligne sur escapegame-livre.fr. Une fois imprimées, évitez toutefois au maximum de les regarder : mettez-les soigneusement de côté jusqu'à ce que vous décidiez de vous lancer dans le jeu et qu'une mention vous autorise à les inspecter.

Cette aventure se joue à deux. Tout au long de la mission, l'un d'entre vous incarnera Fish, l'autre Duck, deux amis d'enfance qui adorent les sensations fortes, faire la fête et manger des sucreries. Beau programme, non ? Vous pouvez également jouer à trois ou à quatre, et incarner à plusieurs l'un des héros ou les deux.

Vous avez choisi qui se glissera dans la peau de qui ?
- Vous, Fish, nous vous invitons à récupérer les cinq feuilles A4 que vous avez imprimées. Vous devrez toujours les avoir en main. Ne les montrez surtout pas à Duck !
- Vous, Duck, vous conserverez le livre pendant toute l'heure, ne montrez rien de son contenu à Fish.

Il s'agit avant tout d'une mission de coopération : vous formez une seule et même équipe et devez résoudre les énigmes ensemble. Mais vous n'avez pas le droit de montrer ce que vous voyez à votre équipier, de lui mimer ou de lui dessiner quoi que ce soit – il est possible que l'un de vous doive étaler des éléments devant lui, dans ce cas n'hésitez pas à vous faire dos. En revanche, vous devrez tout lire et tout décrire le plus précisément possible, c'est comme cela que vous comprendrez comment avancer dans le jeu et que vous trouverez à quelle page se déroule la suite de l'histoire.

Dans quelques instants, vous allez essayer de résoudre les énigmes que nous avons concoctées pour vous. N'oubliez pas les fondamentaux :

60 minutes

C'est le temps dont vous disposez pour accomplir cette mission. Déclenchez votre chrono quand vous commencez à lire l'introduction du jeu. Bien sûr, vous pouvez également jouer sans limite de temps si vous le souhaitez !

Observez

Ce livre ne se lit pas de manière classique : c'est seulement en observant et résolvant des énigmes que vous trouverez à quelle page se déroule la suite de votre aventure. Ne le feuilletez pas au hasard, rendez-vous sur une page uniquement si vous avez trouvé une indication qui vous pousse à y aller ! Enfin, une page dont le coin est plié indique que vous avez accès à une autre page : la suivante si c'est le droit qui est plié, la précédente si c'est le gauche.

Notez

Ne vous lancez pas dans ces énigmes sans le kit de base de l'« escape gamer » : un crayon affûté et une gomme ! Vous pourrez aussi avoir besoin d'une calculatrice.

Besoin d'aide ?

Lors de cette aventure, vous serez votre propre maître du jeu. Comme dans une partie d'escape game classique, si vous sentez que vous butez sur une énigme, vous avez toujours la possibilité d'obtenir un indice (pages aux bordures orange, 35 à 39) ou la solution complète (pages aux bordures rouges, 41 à 46). N'hésitez pas ! Notez qu'au contraire des énigmes, notre système d'aide suit l'ordre des pages : vous trouverez pour chaque page un ou plusieurs indices et une solution. Par exemple, si vous êtes bloqués page 25, allez voir l'indice qui correspond à cette même page. Les fiches imprimées ne sont, elles, associées à aucun indice.

Pour les débutants

Ce livre s'adresse à tout type de joueurs, ceux qui ont déjà une grande expérience en escape game comme ceux qui n'en ont jamais fait. Si vous êtes débutants, ne soyez pas embarrassés à l'idée de piocher parmi nos indices, souvenez-vous qu'ils font partie du jeu et qu'il est tout à fait normal, comme dans une vraie salle, de faire appel à eux.

Prisonniers de la fête foraine

Vous avez toujours pris un malin plaisir à vous donner des surnoms ridicules. Les derniers en date ? Fish et Duck, les inséparables. Il faut dire que vous êtes sur la même longueur d'ondes depuis vos années collège : vous adorez les sensations fortes, faire la fête et vous gaver de sucreries. Il n'en faut parfois pas plus pour souder une amitié. Ce dimanche, comme une fois par mois au moins, vous êtes allés faire le plein d'adrénaline. Vous étiez loin d'imaginer le piège dans lequel cette banale sortie à la fête foraine vous ferait tomber… Pour finir la journée, vous êtes montés dans la grande roue. Vous vous êtes installés dans une nacelle et le manège a commencé à tourner. C'est la dernière chose dont vous vous souvenez.

Fish, vous venez de vous réveiller dans une cellule sombre étrangement décorée. Vous êtes enfermé de l'intérieur par un étonnant mécanisme à cinq verrous. Au loin, vous entendez le bruit familier de la fête foraine, régulièrement ponctué de rires enregistrés qui vous donnent la chair de poule. Au sol, dans un coin de la pièce, vous trouvez un plan et un talkie-walkie. Vous pressez le bouton et parlez, anxieux. Vous avez la surprise d'entendre Duck répondre.

Duck, la voix de votre ami vient de vous réveiller. Vous êtes allongé au milieu d'une allée de la fête foraine. Il n'y a absolument personne dans le parc et pourtant toutes les attractions ont l'air de fonctionner normalement. À vos pieds, un talkie-walkie que vous avez immédiatement saisi…

Un détail vous saute tout à coup aux yeux : sur l'écran des talkies, un décompte de 60 minutes s'est enclenché. Vous avez probablement affaire à un psychopathe torturé, un dangereux cinglé. Vos cœurs battent fort, vos cerveaux tournent au ralenti, vous avez des vertiges… Duck, vous devez absolument retrouver Fish au plus vite et l'aider à s'évader avant la fin du compte à rebours. Vos vies sont en danger.

Fish, vous êtes maintenant autorisé à regarder vos cinq fiches.

AU GALOP !

Vous êtes devant le stand de courses de petits chevaux. Vous n'avez jamais compris ce jeu. Croisez les doigts pour que Fish en connaisse les règles...

88
73
80
27
31
32
5
6
9
13

Vous avez lu dans les yeux du clown, trouvé le code du cadenas et ouvert la porte.
Vous découvrez une pièce dans laquelle a été installée une grande piscine à boules. Vous sautez dedans et la traversez pour atteindre une autre porte. À côté d'elle, un mécanisme : on dirait que vous devez y placer deux balles différentes pour l'activer. Mais lesquelles ? Dépêchez-vous, le tueur risque de débouler d'un instant à l'autre...

0
6
8
3
5

PÊCHE POMME POIRE

Vous voilà au stand de la pêche aux canards. Alors que chaque seconde qui passe vous donne des sueurs froides, vous en êtes réduit à observer des animaux en plastique... Fish saura peut-être quoi chercher.

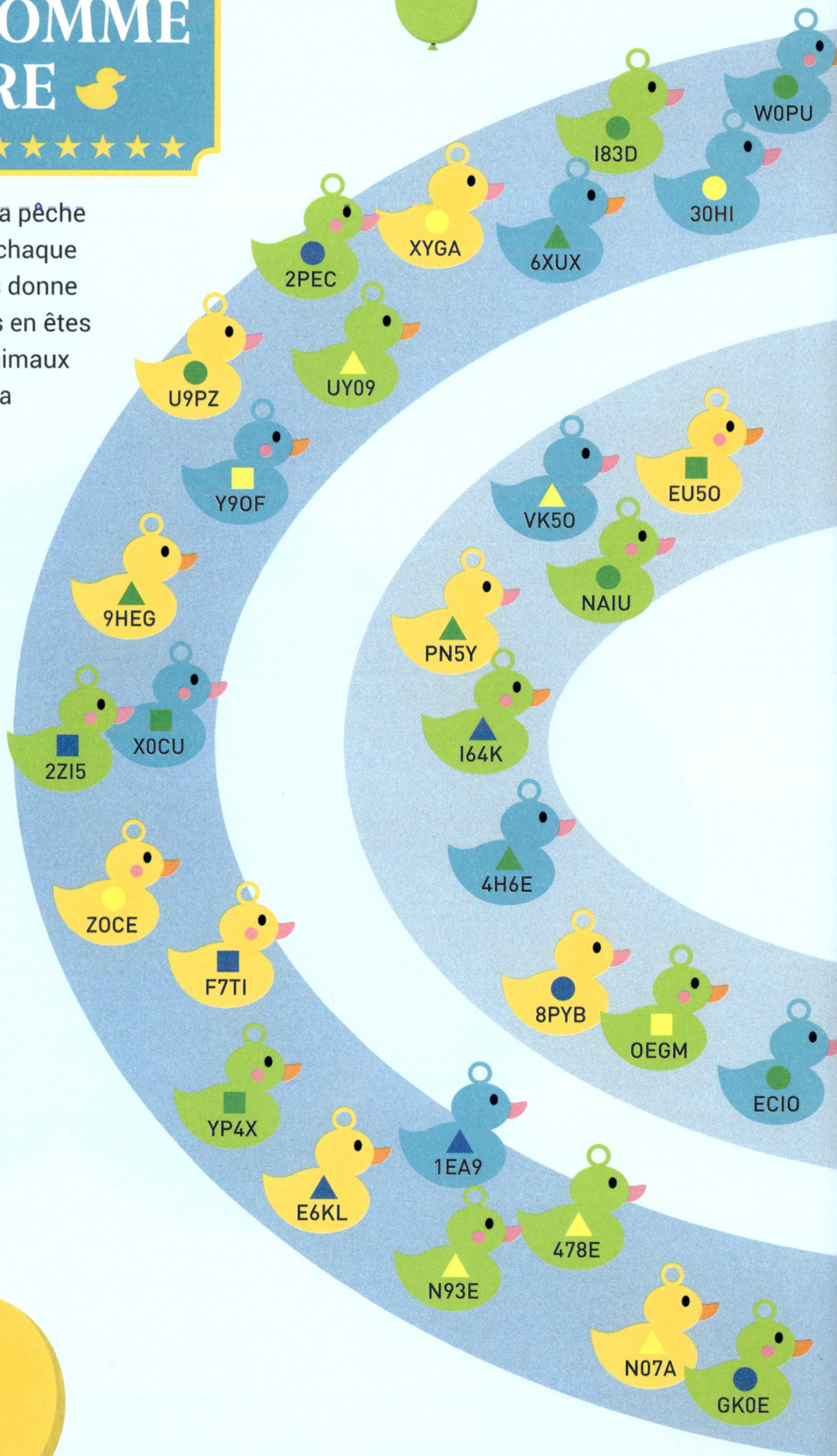

02FY
7CE3
AUDR
5UVN
YOJL
G6IB
17SI
WUWY
Z1U1
6IKW
PUV3
TO2W
7GEW
E1KV
SU4O
6WEZ
0BWY
J4TA
04UH
UYWK
YR87
038V
2U2Y
IZX5
F9PI
66OI
1EV0
4WUR
13LI
VAYS
78EM
BUU5
M8YN
R9O2
9TYK
U3MF
ZUW9
V9E7
EPE1
U0YZ
2EUD
AP2C
I3HE
YYT9
NE5W
9ASB
91PU
KI1A
ZKU
YE0C

AUX BONS CROUSTILLONS

Vous êtes devant le stand de friandises. En d'autres circonstances vous auriez tout dévoré mais votre estomac est noué... Le temps presse, vous appelez Fish et lui décrivez tout ce que vous voyez. Il aura peut-être une idée.

Vous venez d'ouvrir la porte du Palais des glaces !
Vous avez face à vous un véritable dédale de miroirs tous plus éblouissants les uns que les autres. Vous reprenez tout à coup espoir : et si la liberté se trouvait au bout du labyrinthe ? Vite, fuyez !

ENTRÉE

Vous avez trouvé la bonne combinaison, bravo ! Fish, vous êtes enfin libre, vous voilà tous les deux réunis ! Mais il semblerait que celui ou celle qui vous retient prisonniers ait tout prévu... À l'instant où vous avez ouvert la porte de la cellule, une grille est tombée du plafond. Elle barre maintenant le passage par lequel vous, Duck, étiez entré dans le Palais du rire. Une ampoule s'est allumée, éclairant une issue jusqu'alors plongée dans l'obscurité, fermée par un cadenas à deux chiffres. Au même moment, une glaçante poupée de clown a surgi de nulle part, expulsant un bout de papier que vous vous empressez de déplier et de lire.

**Fish, vous êtes maintenant autorisé
à regarder le livre aux côtés de Duck.**

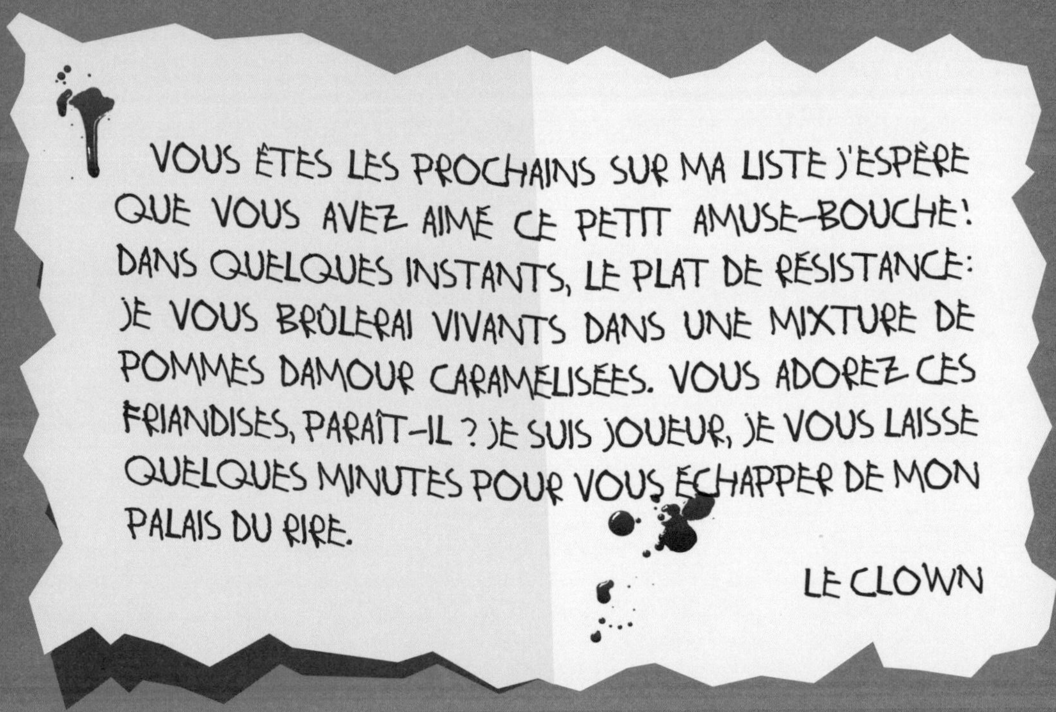
VOUS ÊTES LES PROCHAINS SUR MA LISTE J'ESPÈRE QUE VOUS AVEZ AIME CE PETIT AMUSE-BOUCHE ! DANS QUELQUES INSTANTS, LE PLAT DE RESISTANCE : JE VOUS BRÛLERAI VIVANTS DANS UNE MIXTURE DE POMMES DAMOUR CARAMELISEES. VOUS ADOREZ CES FRIANDISES, PARAÎT-IL ? JE SUIS JOUEUR, JE VOUS LAISSE QUELQUES MINUTES POUR VOUS ECHAPPER DE MON PALAIS DU RIRE.

LE CLOWN

1
2

Les chaises volantes ! Vous prenez place sur l'un des sièges, le manège démarre instantanément.

L

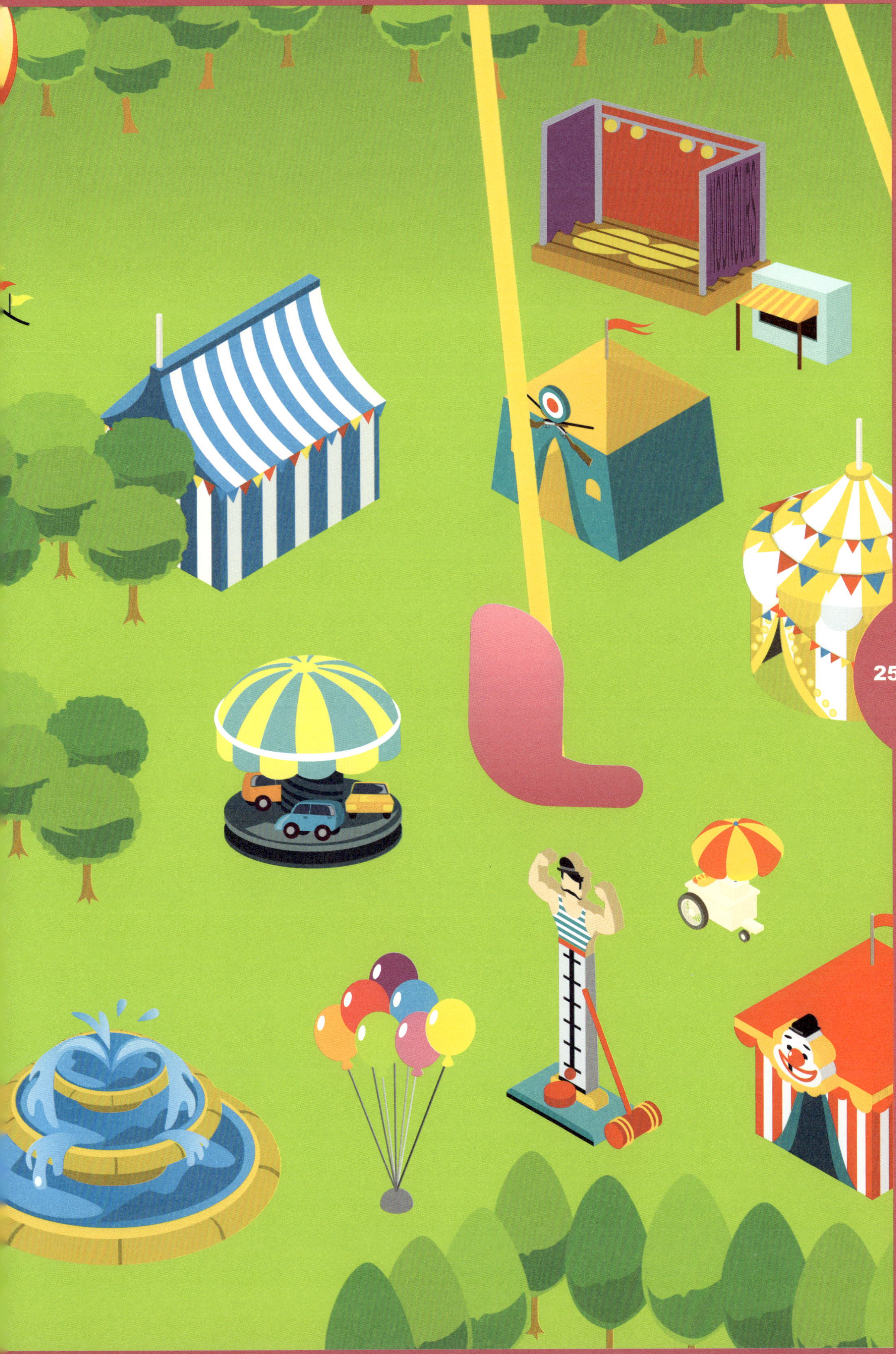

Vous avez placé les deux bonnes balles dans le mécanisme et la porte s'est ouverte, vous avez quitté la piscine à boules ! Devant vous s'étendent désormais des miroirs à perte de vue. Mais l'accès à ce Palais des glaces est protégé par une porte cadenassée. En fouillant la pièce, vous trouvez un miroir de poche...

À gauche de la billetterie du Palais du rire se trouve une petite entrée que vous n'aviez jamais remarquée. Vous décidez de vous y aventurer… Vous faites quelques pas à l'intérieur tout en parlant à Fish par le biais du talkie-walkie, quand soudain vous entendez votre voix en écho. Fish est tout près ! Votre ami est derrière cette porte décorée avec des ballons. Impossible de l'ouvrir, elle est verrouillée de l'intérieur.

Cette fois c'est la bonne, vous avez couru comme des dératés dans le labyrinthe et avez fini par trouver la sortie ! Vous déboulez à l'extérieur, soulagés, vous pensiez ne plus jamais avoir l'occasion de respirer de l'air frais. Il vous faut quelques secondes pour réaliser ce qui se passe autour de vous : le Palais du rire est encerclé par des voitures de police. Un homme armé vient à votre rencontre et vous demande de lui raconter ce que vous venez de vivre. À son tour, il vous explique qu'un mystérieux coup de fil a alerté les forces de l'ordre il y a une heure, les mettant au défi de localiser l'endroit précis où un double meurtre allait être commis. Les policiers ont pour cela dû résoudre une série d'énigmes...

Le parc vient d'être passé au peigne fin, le Clown est introuvable. Tout comme les forains et les visiteurs. Disparus, envolés. L'enquête devra tout expliquer. Soudain, une explosion attire tous les regards vers le toit du Palais du rire. Des dizaines de ballons de baudruche s'envolent, attachés à une sorte de drap sur lequel se déploie un message en lettres rouge sang : « À bientôt mes pommes d'amour ! ». Le Clown court toujours...

À BIENTÔT MES
POMMES D'AMOUR !

LAS VEGAS

Le stand de jeux d'argent ! Seule la machine
à jetons fonctionne. Fish pourra
peut-être vous aiguiller.

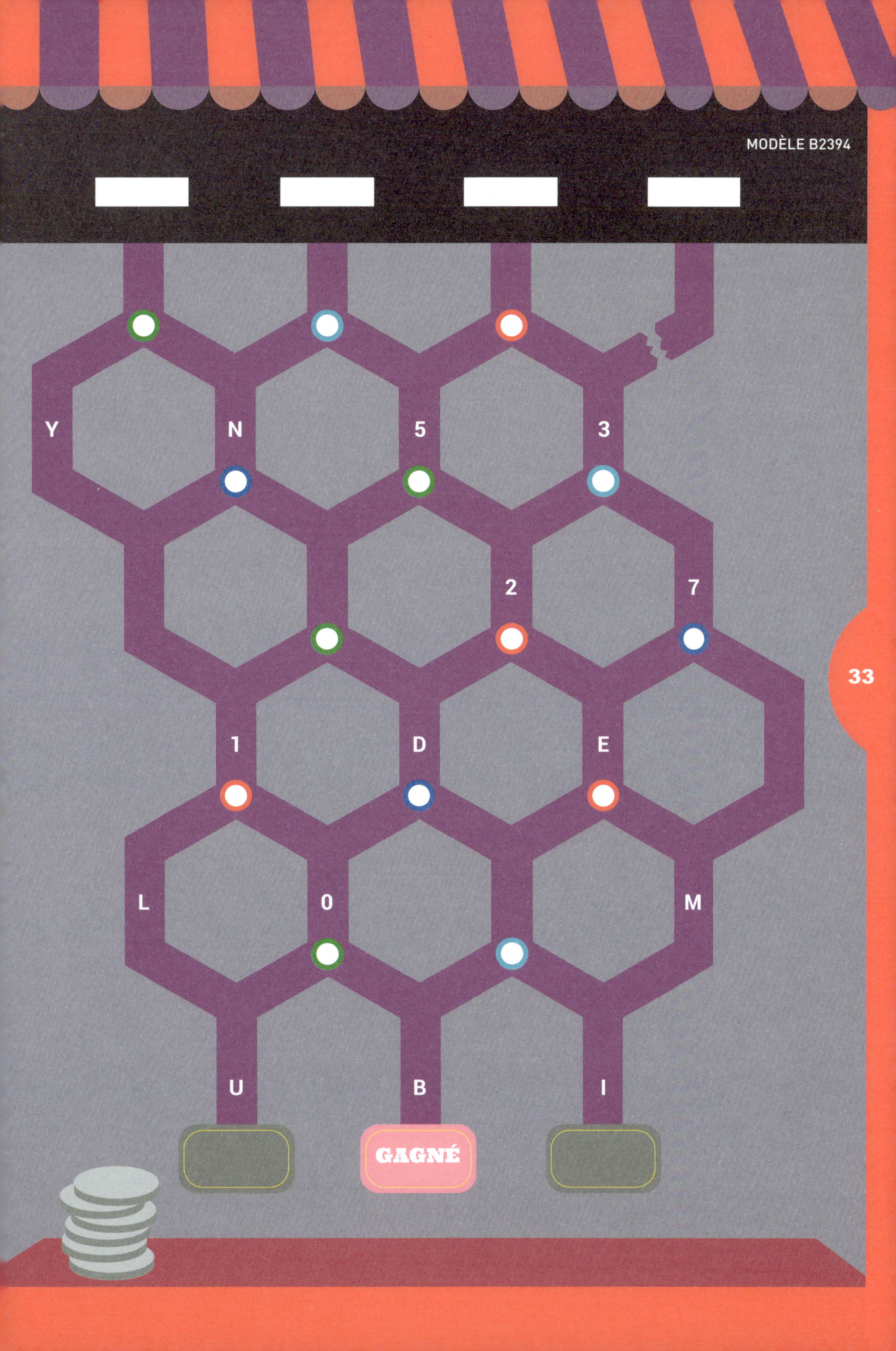
MODÈLE B2394
Y
N
5
3
2
7
1
D
E
L
0
M
U
B
I
GAGNÉ

INDICES

Les indices sont classés par pages et non par ordre de résolution des énigmes. Si vous avez besoin d'un coup de pouce, référez-vous donc à celui qui est associé à la page sur laquelle vous êtes bloqué.

Pages 8-9 :

Duck, vous êtes au milieu d'une allée de la fête foraine, entouré d'attractions en tous genres. Vous devez sûrement explorer les lieux à la recherche d'indices. Fish, le plan que vous avez trouvé dans votre cellule peut peut-être aider, il semble localiser les différents stands. Duck, et si vous essayiez de les visiter ? Dépêchez-vous, le temps presse !

Pages 10-11 :

Indice 1 : Duck, vous êtes devant le stand de courses de petits chevaux, dont le nom est « Au galop ! ». Fish, dans votre cellule traîne un prospectus publicitaire pour cette attraction. Coup de bol, les règles y sont expliquées...

Indice 2 : Fish, le prospectus indique que, pour gagner, les joueurs doivent lancer des boules dans les trous qui sont face à eux et additionner les points jusqu'à atteindre un total de 141. Chaque trou correspond à un chiffre ou à un nombre, et chaque trou ne peut être utilisé qu'une seule fois. Duck, avez-vous réussi à atteindre 141 en additionnant les nombres que vous voyez ?

Indice 3 : Duck, vous venez de remarquer que 32 + 9 = 41. Essayez de compléter ce total jusqu'à atteindre 141 ! Une fois cette étape accomplie, comptez le nombre de trous que vous avez utilisés pour cela, et référez-vous au prospectus qui se trouve dans la cellule de Fish pour récupérer votre lot...

Indice 4 : Vous avez découvert un code à 4 caractères ? Conservez-le précieusement, il vous sera utile pour la suite.

Pages 12-13 :

Indice 1 : N'hésitez pas à retourner dans la cellule où Fish était enfermé tout à l'heure, elle n'est pas très loin. Le Clown y a peut-être laissé un élément susceptible de vous aider...

Indice 2 : Avez-vous repéré le document scotché sur l'un des murs de la cellule, qui évoque une balle jaune et une balle rouge ? Si vous suivez scrupuleusement les six conditions qui y sont énumérées, vous en déduirez quelle paire de balles utiliser pour déverrouiller la porte.

Indice 3 : Vous devez sélectionner une seule balle jaune et une seule balle rouge. Prenez une balle jaune et essayez de trouver une balle rouge avec laquelle vous pourriez former une paire vérifiant chacune des six conditions. Aucune ne convient ? Passez à la balle jaune suivante !

Indice 4 : Vous avez trouvé les deux balles qui permettent d'activer le mécanisme de la porte ? Avez-vous noté que chacune porte un chiffre ? Vite, le compte à rebours défile !

Pages 14-15 :

Indice 1 : Duck, devant vous se balade une multitude de canards. Vous devez certainement n'en pêcher qu'un seul, mais lequel ?

Indice 2 : Fish, avez-vous remarqué l'avis de recherche épinglé sur l'un des murs de votre cellule ? Retrouvez ce criminel au plus vite !

Indice 3 : Vous avez retrouvé le bon canard ? Avez-vous vu que chacune de ces créatures en plastique porte un numéro de série unique ? Vous avez collecté un code à 4 caractères ? Conservez-le précieusement, il vous sera utile pour la suite.

Pages 16-17 :

Indice 1 : Duck, vous avez face à vous un stand rempli de sucreries en tout genre. Le nappage des gaufres est particulièrement étonnant, vous ne trouvez pas ? Fish, n'y a-t-il rien dans votre cellule qui pourrait vous faire penser, de près ou de loin, à une gaufre ?

Indice 2 : Duck, vous dénombrez quatre gaufres. On dirait que chacune a un nappage différent, et que chacune comporte un carré qui n'est pas nappé. Fish, et si la grille gravée sur l'un des murs de votre cellule représentait une gaufre ? Les carrés sans nappage sont sans doute très importants...

Indice 3 : Si votre intuition est bonne, chaque carré sans nappage doit correspondre à une lettre de la grille. Ainsi, la gaufre qui est saupoudrée de sucre devrait par exemple vous permettre de récolter la lettre C...

Indice 4 : Vous avez collecté 4 lettres différentes ? Dans quel ordre les utiliser ? Duck, avez-vous remarqué les pots de confiture et d'autres nappages présents sur le stand de friandises ? Ils semblent être rangés dans un ordre précis... Ce dernier pourra sans doute vous aider. Ne traînez pas, le temps passe à toute vitesse !

Indice 5 : Vous avez remis les 4 caractères dans le bon ordre ? Gardez-les précieusement, vous en aurez certainement besoin plus tard !

Pages 18-19 :

Indice 1 : Ce labyrinthe est immense... Avez-vous repéré l'entrée ? Il s'agit de l'endroit où vous vous trouvez actuellement. Il ne vous reste plus qu'à trouver la sortie ! Une seule est accessible depuis l'entrée...

Indice 2 : Vous avez trouvé la sortie ? Avez-vous remarqué qu'elle correspond à un nombre ? Rendez-vous vite à cette page pour vous échapper de ce maudit labyrinthe !

Pages 20-21 :

Indice 1 : Cette poupée de clown vous donne la chair de poule, son regard est particulièrement glaçant... Oserez-vous regarder cet affreux personnage dans les yeux ?

Indice 2 : On dirait que les yeux du clown cachent deux chiffres ! Vous les avez trouvés ? Ils forment sûrement le code du cadenas qui bloque votre progression... Rendez-vous le plus rapidement possible à ce numéro de page pour vivre la suite de l'aventure !

Pages 22-25 :

Indice 1 : Duck, les coins de pages cornés vous indiquent que vous avez également accès aux pages suivantes ou précédentes.

Indice 2 : Duck, depuis ce manège en marche, vous profitez d'une belle vue sur la fête foraine. Scrutez le paysage, un indice s'y cache peut-être.

Indice 3 : Duck, regardez bien les toits des stands visibles depuis la page 25... On dirait que l'une d'entre elles cache une étrange inscription, qui, depuis votre perspective, apparaît sous la forme d'une anamorphose.

Indice 4 : Duck, vous n'arrivez pas à déchiffrer l'anamorphose ? Placez votre livre horizontalement à hauteur des yeux, et regardez la page de façon rasante : vous devriez pouvoir lire un mot.

Indice 5 : Duck, vous avez déchiffré l'anamorphose ? Fish, ce mot ne vous rappelle rien ? Il fait certainement référence à un objet stocké dans votre cellule... Vous l'avez trouvé ? Avez-vous noté que cet objet comporte un code à 4 caractères ? Mettez-le de côté, il vous sera d'une grande aide par la suite.

Pages 26-27 :

Indice 1 : Le Clown a sans doute déposé le miroir de poche ici intentionnellement : il devrait vous être utile pour trouver le code à deux chiffres du cadenas qui vous empêche d'avancer.

Indice 2 : Étranges, ces inscriptions sur les parois... « L » doit certainement signifier « ligne », et C « colonne ». Et si les deux segments, horizontal et vertical, représentaient quant à eux le miroir de poche ?

Indice 3 : L'inscription « L.2 » doit forcément avoir un lien avec les symboles de la paroi qui se trouve juste à côté... Et l'inscription « C.6 » doit, de la même manière, être liée aux symboles de la paroi qui lui est mitoyenne. Essayez peut-être de vous intéresser dans un premier temps à la deuxième ligne des symboles de gauche, puis dans un second temps à la sixième colonne des symboles de droite ?

Indice 4 : Vous avez toujours le miroir de poche en main. Et si vous vous serviez du segment horizontal pour positionner le miroir par rapport à la deuxième ligne des symboles de gauche, puis du segment vertical pour positionner le miroir par rapport à la sixième colonne des symboles de droite ? Certaines formes devraient dévoiler des lettres...

Pages 28-29 :

Indice 1 : Duck, vous voilà dans une pièce secrète du Palais du rire... Vous avez exploré les cinq autres attractions localisées sur le plan de Fish, et collecté un code à 4 caractères pour chacune d'entre elles ? Si ce n'est pas le cas, continuez à mener l'enquête ! Si c'est le cas, alors vous avez maintenant tous les éléments nécessaires pour libérer Fish, qui est retenu prisonnier derrière la porte qui vous fait face...

Indice 2 : Fish, vous vous tenez de l'autre côté de la porte qui se trouve face à Duck. Dans votre cellule, juste à côté de l'issue verrouillée, vous distinguez un panneau qui a la forme d'une grille. On dirait que vous pouvez écrire à l'intérieur... Chaque ligne du panneau semble correspondre à un logo qui représente une attraction.

Indice 3 : Fish, et si vous inscriviez, à l'intérieur de la grille, les codes à 4 caractères que Duck et vous avez récoltés ? Sur la première ligne en partant du haut, inscrivez le code que vous avez récupéré sur le stand de la pêche aux canards, sur la deuxième celui que vous avez récupéré à l'attraction des petits chevaux, et ainsi de suite...

Indice 4 : Fish, vous avez rempli chaque ligne de la grille ? Vous devez donc avoir ceci sous les yeux :
AUDR
GEDI
UCHE
3EPA
N10B

Lues de haut en bas et de gauche à droite, ces cinq suites de caractères n'ont manifestement aucun sens... Il doit forcément exister un autre ordre de lecture ! Avez-vous noté que chaque logo représentant une attraction a une couleur distincte ?

Et vous, Duck, avez-vous remarqué ces cinq ballons décorant la porte qui vous sépare de votre ami ?

Indice 5 : Fish, en lisant les cinq suites de caractères dans le bon ordre, vous pourrez déchiffrer quelque chose. La personne qui vous a piégés est joueuse : elle n'a pas tenu compte du caractère en exposant et n'a pas écrit les mots uniquement avec des lettres... Dépêchez-vous de suivre ses instructions et vous trouverez un nombre à deux chiffres : le numéro de page à laquelle se déroule la suite de votre aventure !

Pages 30-31 :

Pas d'indice sur ces pages.

Pages 32-33 :

Indice 1 : Duck, vous êtes devant une machine de type B2394. Votre objectif : déterminer dans quelle fente glisser votre jeton pour qu'il atterrisse dans le compartiment du milieu, sur lequel est inscrit « GAGNÉ ». Les clapets internes de la machine sont matérialisés par des logos de couleur... Fish, dans votre cellule se trouve un manuel qui explique le trucage appliqué aux machines à jetons B2394. Le bas de la page du manuel semble indiquer la position initiale de tous les clapets, en fonction de leur couleur.

Indice 2 : Duck, la quatrième fente en partant de la gauche est visiblement endommagée et hors service, elle ne sert à rien. Vous avez inséré un jeton dans la première fente en partant de la gauche et il a atterri dans le compartiment qui se trouve tout en bas à gauche : le jeton a dans un premier temps traversé un clapet vert qui se trouvait dans sa position initiale, et a donc suivi le conduit de gauche ; le jeton a dans un second temps traversé un clapet rouge qui se trouvait dans la position inverse de celle qu'il avait initialement, et a donc suivi le conduit de gauche, avant d'atterrir dans le compartiment. La bonne fente n'est donc ni la première ni la dernière... Essayez de glisser un jeton dans les deux autres en gardant bien en tête que « à chaque fois qu'un jeton est passé par un clapet, tous les clapets changent de position ».

Indice 3 : Vous avez déterminé quelle fente est la bonne ? Avez-vous remarqué que des chiffres et des lettres sont gravés sur les conduits de la machine ? Collectez-les en suivant le chemin du jeton, de la fente jusqu'au compartiment sur lequel est inscrit « GAGNÉ ». Vous avez récupéré un code à deux chiffres et deux lettres ? Conservez-le, il vous sera bientôt d'une précieuse aide...

SOLUTIONS

Les solutions sont classées par pages et non par ordre de résolution des énigmes. Si vous souhaitez connaître la réponse à une énigme, référez-vous donc à celle qui est associée à la page sur laquelle vous êtes bloqué.

Pages 8-9 :

Fish, sur le plan de la fête foraine qui se trouve dans votre cellule (fiche A), un numéro de page est lié à chaque attraction que Duck peut visiter. Duck, vous pouvez ainsi aller page 10 pour accéder au stand « Au galop ! », page 14 pour explorer le stand « Pêche pomme poire », page 16 pour découvrir le stand « Aux bons croustillons », et ainsi de suite... Il n'y a pas d'ordre précis à suivre, commencez par celui de votre choix, mais faites vite !

Pages 10-11 :

Duck, conformément à ce que le prospectus publicitaire de l'attraction « Au galop ! » explique (fiche B de Fish), vous devez lancer des boules dans les trous qui sont face à vous et additionner les points jusqu'à atteindre un total de 141. Chaque trou correspond à un chiffre ou à un nombre, et chaque trou ne peut être utilisé qu'une seule fois. Si vous communiquez à Fish les 10 chiffres et nombres disponibles, lui aussi peut essayer de résoudre cette énigme.

Plusieurs combinaisons sont possibles pour atteindre la somme de 141, mais toutes nécessitent quatre boules :
5 + 31 + 32 + 73 = 141
9 + 13 + 31 + 88 = 141
9 + 27 + 32 + 73 = 141

Référez-vous au prospectus pour récupérer votre lot : « 4 boules utilisées, lot : GEDI ». Vous venez donc de récolter le code à 4 caractères « GEDI », conservez-le précieusement, il vous sera utile pour la suite !

SOLUTIONS

Pages 12-13 :

Dans la cellule où Fish était enfermé tout à l'heure, sur la fiche C, se trouve un bout de papier scotché au mur qui est essentiel pour résoudre l'énigme laissée par le Clown... Si vous suivez scrupuleusement les six conditions qui y sont énumérées, vous en déduirez quelle paire de balles permet de déverrouiller la porte. Une seule combinaison est possible, et elle doit être composée, dans l'ordre, d'une balle jaune puis d'une balle rouge.
La paire valide est celle que forment les balles numérotées « 2 » et « 6 ». Dépêchez-vous donc de vous rendre page 26 pour ouvrir le cadenas qui bloque votre progression !

Pages 14-15 :

Fish, avez-vous remarqué l'avis de recherche placardé sur l'un des murs de votre cellule, sur la fiche B ? Duck, parmi tous les canards qui se trouvent face à vous, un seul est identique à celui que voit Fish ! Il s'agit du canard jaune qui a un rond vert sur le corps, une pommette et un bec de couleur rose. Il se trouve en haut à gauche de la page 15. Vous l'avez trouvé ? Avez-vous remarqué qu'il porte un numéro de série unique, « AUDR » ? Gardez ce code à 4 caractères, il vous sera bientôt d'une précieuse aide !

Pages 16-17 :

Duck, regardez bien les quatre gaufres qui se trouvent sur le stand de sucreries. Chacune présente un carré qui n'est pas nappé, et chacune a un nappage différent. Fish, la grille gravée sur le mur de votre cellule, plus précisément sur la fiche D, représente en réalité une gaufre. Chaque carré sans nappage correspond ainsi à une lettre de la grille :
La gaufre orange, nappée de confiture d'abricot, vous permet de récolter la lettre E ;
La gaufre rouge, nappée de confiture de groseille, vous permet de récolter la lettre H ;
La gaufre blanche, saupoudrée de sucre, vous permet de récolter la lettre C ;

Et la gaufre marron, nappée de pâte chocolatée, vous permet de récolter la lettre U.
Vous venez donc de collecter 4 lettres différentes. Dans quel ordre les utiliser ? Avez-vous remarqué que les pots de confiture et d'autres nappages présents sur le stand sont rangés dans un ordre précis ? De gauche à droite, vous pouvez voir un pot de pâte à tartiner chocolatée, un pot de sucre en poudre, un pot de confiture de groseille et un pot de confiture d'abricot. Il s'agit de l'ordre dans lequel vous devez récupérer les lettres !

Vous avez ainsi collecté le code « UCHE ». Il vous sera très utile plus tard, conservez-le précieusement ! Le temps défile dangereusement, vous n'avez pas une minute à perdre.

Pages 18-19 :

Avez-vous repéré la seule sortie accessible depuis l'entrée ?

Elle correspond à un nombre : 30. Rendez-vous vite à cette page pour vous échapper de ce maudit labyrinthe !

Pages 20-21 :

Avez-vous noté que les yeux du clown cachent le nombre 12 ?

Il s'agit du code du cadenas qui bloque votre progression... Rendez-vous le plus rapidement possible page 12 pour poursuivre l'aventure !

Pages 22-25 :

Duck, depuis l'attraction des chaises volantes, vous profitez d'une belle vue sur la fête foraine. Avez-vous remarqué que l'un des stands que vous apercevez depuis la page 25 cache une étrange inscription, qui, depuis votre perspective, apparaît sous la forme d'une anamorphose ?

En plaçant votre livre horizontalement à hauteur des yeux, de manière à regarder la page de façon rasante, vous pourrez déchiffrer le mot « NOUNOURS ».
Fish, dans votre cellule se trouve quelques animaux en peluche, mais un seul représente un ours (fiche E). Il porte un code à 4 caractères, « 3EPA », que vous devez mettre de côté, il vous servira plus tard... Passez à la suite sans plus tarder !

Pages 26-27 :

Ces lettres de sang sont énigmatiques... « L » signifie « ligne », et C « colonne ». Les deux segments, horizontal et vertical, qui se trouvent juste à côté, représentent quant à eux le miroir de poche que vous avez trouvé en fouillant la pièce.

L'inscription « L.2 » est liée aux symboles de la paroi qui lui est proche, c'est-à-dire à celle de la page de gauche. Le segment horizontal qui l'accompagne est placé sous l'inscription. Ainsi, sur la grille des symboles de gauche, repérez la deuxième ligne et positionnez votre miroir, réel ou imaginaire, sous cette même ligne. En se reflétant, certains symboles dévoileront alors des lettres :

Vous déchiffrez « DIX ».

L'inscription « C.6 » est liée aux symboles de la paroi qui lui est proche, c'est-à-dire à celle de la page de droite. Le segment vertical qui l'accompagne est placé à droite de l'inscription. Ainsi, sur la grille des symboles de droite, repérez la sixième colonne et positionnez votre miroir, réel ou imaginaire, à droite de cette même ligne. En se reflétant, certains symboles dévoileront des lettres (voir ci-contre).

Vous déchiffrez « HUIT ».

Vous venez donc de trouver le code « DIX-HUIT » ! Il s'agit du code du cadenas qui bloque la porte, rendez-vous vite page 18 pour l'ouvrir et découvrir la suite de l'aventure !

Pages 28-29 :

Duck, vous êtes au Palais du rire. Si vous avez exploré les cinq autres attractions localisées sur le plan de Fish (fiche A) et collecté un code à 4 caractères pour chacune d'entre elles, alors vous êtes maintenant en mesure de libérer votre ami, qui est retenu prisonnier derrière la porte qui vous fait face...

Fish, la porte qui bloque votre progression est verrouillée par un mécanisme en forme de grille qui se trouve sur la fiche E. Chaque ligne de ce mécanisme correspond à un logo qui représente une attraction. Remplissez la grille avec les codes à 4 caractères que vous avez récupérés :

En comprenant dans quel ordre lire ces séries de 4 caractères, vous pourrez déchiffrer une phrase... Duck, regardez les cinq ballons qui décorent la porte qui vous sépare de Fish, page 29. De gauche à droite, ces ballons sont rouge, vert, gris, bleu et jaune. Des couleurs que vous retrouvez sur les logos du mécanisme de la fiche E.

Ainsi, vous devez d'abord lire les 4 caractères liés au logo rouge, puis ceux liés au logo vert, puis gris, bleu, et enfin jaune. Vous obtiendrez alors :
« 3EPA-GEDI-N10B-AUDR-UCHE », autrement dit « 3e page d'indices baudruche ».

Rendez-vous vite à la 3e page des indices, c'est-à-dire la page 38 : voyez-vous le nombre 20 à l'intérieur du ballon de baudruche qui y est dessiné ? Duck, vous savez maintenant comment libérer votre ami : allez le plus rapidement possible page 20 !

Pages 32-33 :

Duck, vous êtes devant une machine de type B2394. Vous devez glisser un jeton de sorte qu'il atterrisse dans le compartiment du milieu, en bas, sur lequel est inscrit « GAGNÉ ». Une seule fente mène à cette issue.

Fish, dans votre cellule, sur la fiche D, vous avez accès à un manuel qui explique le trucage appliqué aux machines à jetons B2394 : « À chaque fois qu'un jeton est passé par un clapet, tous les clapets changent de position. » Le bas de la page du manuel indique la position initiale de tous les clapets, en fonction de leur couleur.

Vous pouvez immédiatement exclure la quatrième fente en partant de la gauche, qui est percée et donc hors service.
Parmi les trois restantes, une seule mène au compartiment « GAGNÉ », il s'agit de la deuxième en partant de la gauche. Vous glissez un jeton :

- Dans un premier temps, il traverse un clapet bleu clair qui se trouve dans sa position initiale, et suit donc le conduit de gauche. Après cette étape, tous les clapets changent de position.
- Dans un deuxième temps, le jeton traverse un clapet bleu foncé qui se trouve dans la position inverse de celle qu'il avait initialement, et suit donc le conduit de gauche. Après cette étape, tous les clapets reviennent à leur position initiale.
- Dans un troisième temps, le jeton traverse un clapet rouge qui se trouve dans sa position initiale, et suit donc le conduit de droite. Après cette étape, tous les clapets changent de position.
- Enfin, le jeton traverse un clapet vert qui se trouve dans la position inverse de celle qu'il avait initialement, et suit donc le conduit de droite, avant d'atterrir dans le compartiment « GAGNÉ ».

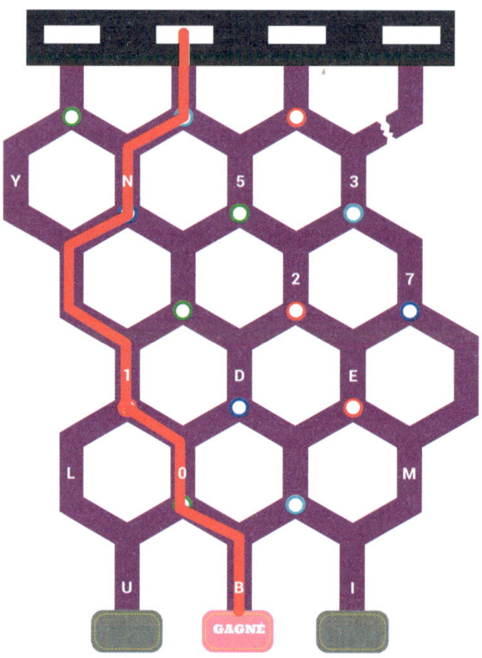

Des chiffres et des lettres sont gravés sur les conduits de la machine : si vous les collectez en suivant le chemin du jeton, de la bonne fente jusqu'au compartiment « GAGNÉ », vous récupérerez le code « N10B ». Conservez-le, vous en aurez bientôt besoin… Le chrono tourne toujours, faites vite !

Un grand merci aux binômes de béta-testeurs qui se sont évadés de notre diabolique fête foraine : Benjamin et Arnaud, Olivia et Lorraine, Eflodeur et Thomas, Erwan et Chloé.
Merci à toutes celles et ceux qui suivent nos aventures sur les réseaux sociaux d'Escape Game Paris, qui lisent nos reviews de salles et qui s'échappent régulièrement de nos livres-jeux !
Enfin, nous remercions les enseignes d'escape game qui nous distribuent un peu partout en France.

À bientôt pour de nouvelles énigmes !

Dans la même collection :

Et aussi :

Direction : Guillaume Pô
Direction éditoriale : Tatiana Delesalle
Édition : Elise Marcantoni
Direction artistique : Johanna Fritz
Création graphique et mise en pages : Florie Cadilhac et Claire Besset
Photo de couverture & illustrations : © Shutterstock
Direction de fabrication : Thierry Dubus
Suivi de fabrication : Gwendoline da Rocha
Photograveur : SNO
2e édition - N° d'édition : M18156
ISBN : 9782317012822
Code MDS : 63674

Achevé d'imprimer en Espagne par GraphyCems en juillet 2018.
Ce livre a été imprimé sur du papier issu de forêts exploitées en gestion durable.

Dépôt légal : février 2018
www.mangoeditions.com

www.escapegame-livre.fr

FSC
www.fsc.org
MIX
Paper from responsible sources
FSC® C007507